Je tiens vivement à remercier les autorités de la NASA, et des USA, pour avoir permis l'utilisation de ses splendides photos, qui nous ont fait rêver, et surtout à signaler que les faits relatés dans cet ouvrage, qui ont servi de base à mon récit, sont totalement inventés et n'ont aucun rapport avec la superbe mission de « Apollo 17 »

Numéro de Copyright

00071893-1

« À nos petits Anges »

Ce roman est une fiction.
Toute ressemblance avec des faits réels, existants ou ayant existé, ne serait que fortuite et pure coïncidence.
Le Code de la propriété intellectuelle interdit les copies ou reproductions destinées à une utilisation collective. Toute représentation ou reproduction intégrale ou partielle faite par quelque procédé que ce soit, sans le consentement de l'auteur ou de ses ayants droit ou ayant cause, est illicite et constitue une contrefaçon, aux termes des articles L.335-2 et suivants du Code de la propriété intellectuelle.

Mes amis de la Lune

Uchronie

Édition 2021

« San Pedro de Rozados »

Auteur
José Miguel RODRIGUEZ CALVO

© 2021 Jose Miguel Rodriguez Calvo
Édition : BoD – Books on Demand,
12/14 rond-point des Champs-Élysées, 75008 Paris
Impression : BoD - Books on Demand, Norderstedt, Allemagne
ISBN : 9782322408900
Dépôt légal : Décembre 2021

Mes amis de la Lune

Uchronie

Auteur
José Miguel RODRIGUEZ CALVO

Résumé

Dans un centre de soins ultra secret, de "l'Espace Centrer Houston" aux USA, un ancien astronaute est reclus et tenu au secret le plus absolu, depuis son retour sur terre lors de l'expédition Apollo 17.
Considéré comme dément et déséquilibré, il intrigue les plus éminents spécialistes de la médecine psychiatrique, mais aussi les autorités civiles et militaires du pays.
Depuis son inexplicable disparition pendant près de six heures lors de son instance sur le sol lunaire, il prétend avoir rencontré des êtres inconnus sur la lune et avoir noué des amitiés avec deux d'entre eux.
"Numéro 1 et numéro 2".
D'après lui, ils vivent sous la surface, dans un immense complexe, dont l'entrée est dissimulée sous le sol lunaire.
La NASA et les autorités ont classé le cas « Top Secret ».

1

Robert T. McCall/Apollo 17 astronauts [Public domain]

— Numéro un, numéro deux, numéro un, numéro deux, mes amis de la lune, mes amis de la lune, numéro un, numéro deux...
Michael JOHNSON, de son vrai nom, John MILLER, répétait insatiablement les mêmes mots, comme une litanie, sans à peine sourciller, les yeux fixés sur le mur blanc et dépouillé de sa chambre. Nous sommes dans un centre d'internement psychiatrique ultra secret de la NASA à Houston au Texas USA.

John MILLER, n'est pas un patient quelconque, loin de là, il fut l'un des trois astronautes de la dernière mission Apollo 17. Dès son retour sur terre il allait être interné sous un nom d'emprunt, par les autorités de son pays, et son dossier classé « *Secret Défense* ».
Plus personne n'entend parler de lui, ni de sa famille non plus, tous furent mis au secret et déplacés à l'autre bout du pays sous une nouvelle identité. Mais qu'elle était la cause de ces radicales et surprenantes mesures ?
Nous allons remonter le temps de quelques années.
John MILLER, fils d'un ingénieur en aéronautique de Houston, montrait très vite un insatiable intérêt pour l'aviation, et tout ce qui volait. Dès l'école primaire, lorsqu'on lui posait la question :
— Que veux-tu faire plus tard ?
Chaque fois, la réponse était la même :
— Voler haut dans le ciel !
Les années allaient passer et son désir ne faisait que croître, c'est donc avec la plus grande naturalité qu'il s'engagea dans l'armée de l'air, puis suivit les études, et, sans grande surprise, décrocha avec brio son brevet de pilote de chasse. Devenu l'un des meilleurs de sa promotion, il voulut aller plus loin, et, tout naturellement, il alla suivre l'entraînement spécial pour devenir astronaute. Ensuite, le moment était venu de faire ses preuves, et il fut retenu pour la mission d'Apollo 17. Il venait de toucher du doigt son rêve. Il ne restait plus qu'à l'accomplir.

La fusée « Saturn V » allait l'emmener avec ses deux autres camarades, sur notre satellite naturel.
« *La lune* ».
Il quitta le « *Centre spatial Kennedy* » (KSC) situé sur « *l'île Merritt* » en Floride le 7 décembre 1972, et il atteignit son but le 19 du même mois, avec son collègue Jack WILSON. Ils allaient poser les pieds sur le sol lunaire laissant leur troisième ami Amber BROWN, en orbite autour de la lune dans le « *module de service* », à l'instar des missions précédentes.
John MILLER et son camarade, une fois le « *module lunaire* » (LEM) posé, s'empressèrent de s'atteler aux diverses tâches prévues.
John, à un moment donné, s'éloigna un peu de la base, afin de découvrir les environs.
Son collègue étant affairé au ramassage de quelques échantillons, pris par sa tâche, ne put s'apercevoir que son coéquipier, s'était éloigné un peu plus que prévu, jusqu'à disparaître derrière une petite colline.
Dix minutes allaient passer et toujours pas de John en vue. Jack WILSON après avoir informé son collègue du « *Module de service* » Amber BROWN qui continuait ses rotations en orbite autour de la lune, partit à sa recherche, avec le « *rover lunaire* ».
Arrivé au sommet du relief, pas la moindre trace de son collègue John. Il avait littéralement disparu.
C'était impossible ! Depuis son emplacement, il aurait pu distinctement l'observer. Tous les alentours étaient parfaitement dégagés, mais pas la moindre trace.

C'était quelque chose d'impossible, même s'il avait chuté, il aurait pu assurément l'apercevoir, son scaphandre blanc immaculé, pouvait se distinguer du sol noirâtre sur des kilomètres. De toutes façons, John n'aurait jamais pu parcourir de telles distances à pied.

À ce moment, pour WILSON, ce fut la panique. Il crut rêver. Son ami n'avait pas pu disparaître, c'était impossible, oui totalement impossible.

Il resta planté sur sa bute pendant presque cinq minutes, se demandant ce qu'il allait faire.

Puis, sortant un peu de sa torpeur, il appela le centre de contrôle sur la terre.

Tout d'abord, ils crurent à une plaisanterie ! Mais il fallait bien se rendre à l'évidence.

Au *« Space Center Houston »,* on lui donna l'ordre de vérifier scrupuleusement les alentours par tous les moyens. Depuis la terre, on essayait de le joindre et le localiser, sans le moindre succès.

Les angoissantes minutes s'égrainaient, sans sursis, puis les heures, et toujours rien. C'était quelque chose de fou, d'invraisemblable, d'impossible !

Mais la réalité était là. Tout le monde était abattu, le président tout naturellement avait été prévenu de l'événement.

Aussitôt, on interpella les journalistes accrédités sur le site, leur interdisant formellement la moindre diffusion de cette nouvelle. Absolument rien ne devait filtrer sous peine d'être accusé de haute trahison.

Trois heures, quatre, cinq allaient passer sans rien de nouveau, et puis miracle !

Au bout de six heures, John MILLER apparaissait en haut de la petite colline, comme par enchantement.

Jack se rendit à son encontre, et le ramena jusqu'au module. John, était sonné, et bizarre. Mais il était vivant et ses constantes semblaient normales, mis à part un détail : il répétait sans cesse les mêmes mots, comme un véritable robot.

La mission allait se poursuivre normalement pour Jack WILSON, le commandant de l'expédition, tandis que John MILLER qui était le pilote du *(LEM)* allait être remonté dans son module lunaire « *Challenger* » où il allait rester cloîtré pendant le reste de la mission, continuant à débiter ses mêmes kyrielles et, de temps à autres, d'autres phonèmes incompréhensibles.

Pourtant, les responsables de Houston allaient interrompre la mission et programmer le retour sur terre avec un jour d'avance. Même s'ils craignaient que les journalistes posent des questions embarrassantes, sur ce changement de « *timing* », le risque d'un problème majeur sur l'état de santé de John MILLER, à des milliers de kilomètres, était beaucoup plus important, d'autant que l'on ignorait de quoi il souffrait, et quelle avait été la cause de cette curieuse disparition.

Sur la Lune, John MILLER qui était le pilote du (LEM), n'étant pas en mesure d'accomplir sa tâche, ce fut le commandant WILSON, qui se chargea du décollage et de l'arrimage au module de commande resté sur orbite lunaire, contrôlé par le troisième homme, Amber BROWN.

Les diverses manœuvres allaient avoir lieu sans encombre et les trois astronautes, comme prévu, amerrirent leur capsule sans le moindre souci dans l'océan Pacifique.

2

« Photo NASA, du centre de contrôle des missions Apollo de Houston »

Dès son arrivée sur terre, et la période de quarantaine passée, John MILLER fut immédiatement soustrait à tout contact ou interview avec les journalistes et interné dans un centre spécial à l'intérieur même du complexe de la NASA.
Il allait subir les examens les plus exhaustifs et complets, par toutes les éminences médicales et psychiatriques du pays et naturellement questionné par les autorités civiles et militaires.
Seulement, malgré toutes ces contraignantes et rigoureuses mesures, MILLER ne put fournir aucune

information ou renseignement sur ce qui avait pu se passer pendant les six heures où il avait complètement disparu de la vue du commandant Jack WILSON.
John MILLER, continuait à débiter invariablement, les mêmes mots.

— *Numéro un, numéro deux, numéro un, numéro deux, mes amis de la lune, mes amis de la lune, numéro un, numéro deux...*

C'était totalement mystérieux et énigmatique. Jamais on n'avait connu un tel cas, venant d'un homme rompu à la plus stricte discipline de travail et suivi physiquement et intellectuellement depuis des années. On n'allait pas détecter la moindre trace d'aliénation ni de folie, tout paraissait totalement équilibré et harmonieux.

En deux mots, il était en « *parfaite santé* ».

Mais alors, que s'était-il passé sur la Lune ? Quel mystère pouvait se cacher derrière cet incompréhensible comportement ?

Quelques semaines allaient passer, sans la moindre évolution et puis un jour, il commença à articuler quelques phrases incompréhensibles, qui à première vue n'avaient pas le moindre sens, mais on décida d'enregistrer tout ce qu'il exprimait et lorsque les spécialistes allaient décortiquer les bandes, on allait distinguer et discerner certains mots qui revenaient de temps en temps dans son curieux langage.

« *Immense* » « *êtres* » « *ascenseur* » « *sous-sol* »

Le reste de son curieux jargon restait définitivement indéchiffrable. Cependant ces mots à priori sans lien évident allaient donner quelques pistes très intéressantes aux enquêteurs. Se pouvait-il qu'il puisse avoir disparu quelque part dans le sous-sol ?
Cela paraissait de plus en plus évident, si l'on considère que le commandant WILSON, n'avait pas pu l'apercevoir en surface, pourtant absolument dégagée dans la zone où ils se trouvaient.
Cela devenait flagrant, et pouvait avoir un sens, d'autant, qu'il parlait aussi « *d'ascenseur* ».
Mais un ascenseur sur la lune, c'était comme évoquer un pingouin dans le désert.
Seulement, si l'on associait :
« *ascenseur* », « *sous-sol* » « *immense* » et « *êtres* », cela avait un tout autre sens.
Oui. Effectivement, seulement cela voulait dire, qu'il pouvait y avoir des êtres sur la lune, ayant construit un ascenseur pour rejoindre une sorte d'immense base, sous le sol lunaire.
Et en plus, John MILLER aurait emprunté ce moyen pour rejoindre cette « *base* ».
C'était une idée extravagante, démente et farfelue, quelle personne sensée, pourrait croire à de telles divagations ?
Oui bien évidement, mais quelle autre explication pourrait venir contredire les extraordinaires faits.
À première vue, comment des « *êtres* » de notre bonne vieille terre ou venus d'ailleurs auraient-ils fait

pour réaliser un tel projet sans que l'on ne s'en aperçoive, sachant que notre satellite naturel est scruté jour et nuit par nos puissants télescopes et toute une série de moyens techniques des plus sophistiqués.

3

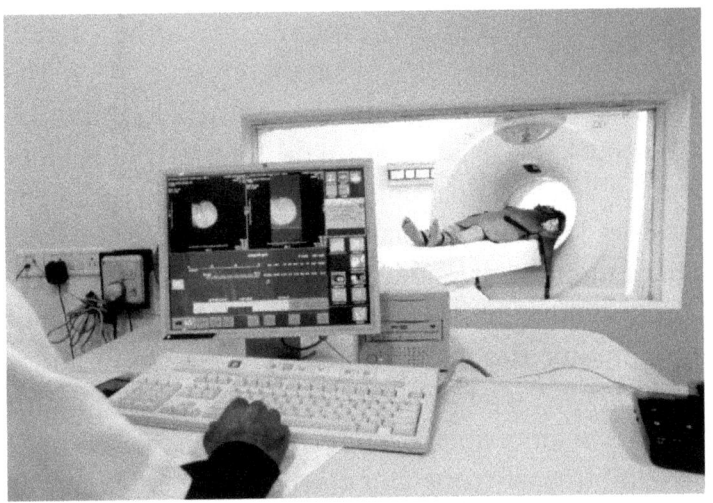

« Centre d'internement psychiatrique »

Au Centre d'internement psychiatrique de la NASA, les semaines et les mois allaient passer, sans nouvelles significatives. Rien de nouveau ne venait apporter un quelconque début de réponse ou affirmation pouvant assurer une approche crédible et définitive.

Pourtant, John MILLER allait être scruté par les plus grandes éminences de chaque spécialité médicale et psychiatrique et subir toute une myriade d'examens médicaux de la moindre partie de son corps. Mais chaque fois que l'on croyait aboutir à un résultat cohérent et crédible, les évidences de la réalité venaient contredire la possible véracité des faits.

Seulement, les autorités, allaient devoir faire face à un fâcheux et déplorable imprévu.

Des fuites allaient se produire dans la presse, notamment dans le mémorable journal « *The Washington Post* » qui publia un article dans ses pages sur la curieuse absence de John MILLER alors que ses deux compagnons de mission s'épanchaient dans les journaux et plateaux de télévision du pays sans la moindre retenue.

Où était donc passé le capitaine MILLER ? Aucun communiqué des autorités n'avait donné la moindre explication et aucun journaliste n'avait pu le joindre depuis son amerrissage.

On allait très vite constater que la famille entière avait disparu, sans laisser de traces.

Rapidement, des rumeurs alarmantes allaient circuler au sujet de MILLER et de sa famille. Le pilote du module lunaire « *Challenger* » avait-il eu un souci majeur ? Avait-il contracté une maladie ou un quelconque problème plus grave comme une irradiation pour que l'on soit obligé de cacher tant de choses à la presse et à la population ?

Surtout que, cette situation, ne s'était jamais produite auparavant. Bien au contraire, on s'empressait d'exhiber les héros pour montrer au monde entier leur exceptionnelle forme et normalité, à peine après avoir quitté leur minuscule capsule et réalisé leur fabuleux et admirable exploit.

4

« The Washington Post »

Très vite, les enquêteurs du journal de Washington allaient entendre des rumeurs sur la présence de l'astronaute dans un centre psychiatrique ultra secret de la NASA, ce qui allait alimenter les extrapolations les plus folles et farfelues à son sujet. Et peu à peu, les nouvelles allaient se confirmer et se préciser.

Selon une mystérieuse source, comme toujours ne pouvant être révélée, le Capitaine John MILLER, serait en effet tenu au secret le plus absolu.

Seulement, pour le moment, on n'en savait pas plus, ni la raison, ni la nature de ses problèmes.

On pouvait tout juste en déduire le sérieux ou la gravité du cas, étant donné que sa famille avait quitté précipitamment le domicile sans que l'on sache le pourquoi et surtout pour quelle nouvelle destination.

Sous la pression des journalistes, les responsables, allaient tout juste alléguer des soucis personnels familiaux, sans rapports directs avec la mission.

Néanmoins, c'était bien mal connaître le redoutable pouvoir de la presse et de ses enquêteurs surtout que, chaque jour, filtrait une nouvelle bribe d'information, qui venait entretenir le suspense qui tenait en haleine la population. Pour le journal, c'était une véritable mine d'or et un filon que l'on allait s'employer à faire durer et fructifier jusqu'à profusion.

Le fameux périodique allait désormais confirmer la présence de John MILLER dans un centre secret, dans lequel il était contraint à de multiples et sophistiqués examens de toutes sortes, mais on ignorait encore la véritable raison du mal dont il souffrait.

Une horde démesurée de journalistes et chaînes de TV, se pressait désormais devant l'accès aux installations du « *Space Center Houston* » obligeant les autorités à s'expliquer sur le sort de l'astronaute.

Ne pouvant reculer devant cet afflux, on décida de donner une conférence de presse dans le but de faire cesser ce fâcheux tumulte. Seulement, il n'était absolument pas question de dévoiler la véritable raison qui retenait John MILLER en quarantaine prolongée.

Les responsables, ainsi que quelques spécialistes médicaux, allaient comparaître pour expliquer devant la presse, la raison de cet internement qu'ils s'empressèrent de qualifier de bénin, mais nécessaire pour MILLER, qui selon eux souffrait d'une simple maladie bien connue, qui devait être traitée par une opération chirurgicale des plus courantes, n'ayant aucun rapport avec sa mission sur la lune.

C'était par simple sécurité qu'ils avaient choisi de la réaliser dans les locaux complètement adéquats et parfaitement aménagés de la base.

À la question, pourquoi sa famille avait disparu de son domicile habituel, on allait signifier qu'il n'y avait aucun rapport avec les soins de MILLER et que celui-ci l'avait encouragée à profiter de son indisponibilité pour réaliser un voyage prévu de longue date.

Malgré de multiples demandes de parole des journalistes, les responsables allaient mettre fin à la conférence de presse sans plus d'explications.

5

« Base lunaire souterraine »

Au « *Space Center Houston* », les choses troublantes commençaient maintenant à s'éclaircir.

Les spécialistes avaient sérieusement analysé les étranges paroles du Capitaine John MILLER qui commençait à devenir de plus en plus bavard.

Il allait compléter ses paroles par des dessins et plans plus ou moins précis, mais qui donnaient la chair de poule aux enquêteurs. On avait désormais acquis la certitude qu'une base habitée par des êtres extraterrestres se trouvait bel et bien sur la Lune et que John MILLER les avait rencontrés.

Peu à peu ses paroles devenaient de plus en plus intelligibles et précises et il allait décrire les événements qui lui étaient arrivés dans les moindres détails.

— Après m'être éloigné derrière la colline, je ressentis comme un léger tremblement sous mes pieds et immédiatement, j'allais être comme avalé par le sol, qui s'enfonçait. Je me trouvais sur une sorte de plateau d'environs cinq mètres de diamètre dissimulé par la poussière lunaire qui descendait rapidement dans le sol comme un ascenseur. N'ayant pas eu le temps de réagir, je me laissais porter par l'appareil, qui s'immobilisa à une vingtaine de mètres de profondeur. Là, un curieux rideau presque translucide qui semblait formé de faisceaux lumineux entrecroisés, disparut soudainement et un être inconnu de forme humanoïde presque semblable à un humain, me tendit la main et m'invita à le suivre.
Seulement, il n'y avait pas de sol ferme, je pouvais voir plusieurs de ses semblables aller et venir sur plusieurs niveaux, inférieurs sans que l'on remarque le moindre plancher. Il insista et je posai mon pied, qui demeura stable, même si je ne percevais pas le sol. Tout d'abord, je crus qu'il s'agissait d'une plateforme translucide en verre, mais non il n'y avait rien. Pourtant, je sentais une résistance sous mon pied, alors je m'engageai et commençai à marcher à ses côtés, j'avançais comme en apesanteur, j'expérimentai

une curieuse sensation, comme lorsqu'on se déplace sur une épaisse et moelleuse moquette.

Nous allions tout d'abord suivre un long couloir, matérialisé par le même système de faisceaux.

Puis, le long du parcours, nous allions croiser plusieurs autres êtres avec d'incroyables aptitudes et capacités qui dépassaient mon entendement. Ils pouvaient apparaitre et disparaitre à la seconde ou se déplacer comme des ombres presque translucides.

Il n'y avait pas de portes ni d'ouvertures. Lorsque nous voulions traverser un faisceau qui délimitait une zone, mon hôte posait sa main dessus, et celui-ci s'interrompait et laissait un écartement par lequel nous pouvions passer. Un véritable phénomène et prodige d'intelligence et de génie.

Devant tant d'inconcevable ingéniosité, mes yeux étaient ébahis, et j'évoluais comme dans un rêve, tout m'était inconnu et même impossible à imaginer dans notre monde. Mon inconscient refusait même de croire ce qu'il percevait, cela ne pouvait être réel. Pourtant, je n'arrêtais pas de presser mon scaphandre, qui lui était indiscutablement bien palpable et physique.

Arrivés devant une zone délimitée de rayons opaques, mon accompagnateur fit un curieux geste portant son index sur sa tempe. Aussitôt après, il entra en communication avec quelqu'un en prononçant des sortes de mots hétéroclites et totalement indéfinissables, dans une langue et intonation que je n'avais jamais entendues sur terre.

Ce n'étaient pas vraiment des phrases, comme nous les connaissons dans toutes nos idiomes ou dialectes, c'étaient plutôt, des sortes de sons incohérents composés d'éléments et bruits sans la moindre unité ou harmonie. Le fait fut que la cloison s'entrouvrît et nous pénétrâmes dans un espace que j'aurais bien du mal à vous décrire, n'ayant pas de référence de comparaison, pour cela je serais obligé d'inventer des mots, tant ce lieu, si je peux le qualifier ainsi, me semblait improuvable et hors de notre temps.

Je peux seulement vous dire que dans cette sorte de zone nébuleuse et cachée du regard, se trouvaient une demi-douzaine de sujets, tous semblables en apparence à celui qui m'accompagnait qui se tenaient debout au milieu de ce que je qualifierais, comme une salle de réunion, mais complètement dépourvue de table et de chaises.

On distinguait seulement quelques silhouettes qui s'agitaient comme dans une espèce d'hologramme de couleur verte et qui semblaient communiquer avec les sujets présents. Pas le moindre écran ou ordinateur, pourtant chaque fois que l'un d'entre eux faisait un certain geste, une série de symboles incompréhensibles apparaissaient soudain, se multipliant devant chacun des sujets présents.

Leurs conversations ou communications, comme on pourrait les qualifier, pouvaient être parfaitement audibles, ou par un simple geste, totalement imperceptible à mes ouïes.

Le plus curieux et stupéfiant était le fait qu'ils pouvaient se rendre distinctement visibles et alors je pouvais distinguer parfaitement leur corps dans le moindre détail et passer en quelques secondes dans un état de silhouette brumeuse plus ou moins dense jusqu'à devenir totalement invisibles à mes yeux.

Lorsqu'ils étaient parfaitement visibles, on aurait pu les confondre avec des humains à quelques points près. Si l'on excepte quelques minuscules détails, ils ressemblaient à des clones. Autre particularité, ils ne portaient pas le moindre vêtement ou alors ils étaient invisibles, seulement tous avaient la même apparence, je veux dire que l'on ne pouvait pas distinguer leurs genres, masculin ou féminin. Pour le reste, ils étaient pourvus de deux jambes, et deux bras, avec des mains semblables aux nôtres, à ceci près qu'ils étaient dépourvus d'ongles. Une autre différence remarquable était le fait qu'ils n'avaient pas d'oreilles saillantes comme les humains ; cependant, ils étaient pourvus de deux yeux semblables aux nôtres.

Pour compléter la description de leur tête, je dirais qu'elle était d'un volume semblable à la nôtre, pourvue cependant d'un minuscule nez ainsi que d'une bouche de dimension très réduite et pour finir la description, ils étaient tous dépourvus de la moindre pilosité.

6

La description du Capitaine John MILLER allait s'interrompre. Il montrait des signes de fatigue et son langage devenait de plus en plus difficile, pesant et Incompréhensible. On allait donc le laisser se reposer et reprendre des forces, avant de poursuivre, il avait encore des abondantes et importantes choses à révéler aux responsables, enquêteurs et spécialistes présents. Deux jours plus tard, MILLER avait repris des forces, et après avoir demandé à contacter par téléphone sa femme et ses deux filles, pour les rassurer sur son état de santé, il eut une bien mauvaise surprise. Son épouse, Barbara JENSEN lui annonça au téléphone qu'elle avait l'intention de divorcer. MILLER n'en croyait pas ses ouïes, sa femme venait de lui annoncer qu'elle le quittait. Que s'était-il passé et pourquoi cette soudaine décision ? Juste au moment où il rentrait d'une impressionnante mission. Malgré son état de fatigue, Il essaya de repenser à une possible cause qui serait intervenue avant son départ pour la lune, mais rien dans son esprit ne venait remémorer une quelconque raison pour laquelle Barbara aurait pu prendre une telle soudaine et drastique initiative. Il fallait absolument qu'il lui parle de vive voix, ce n'était pas un événement et une disposition que l'on prend à la légère, d'autant qu'ils avaient deux filles âgées de cinq et deux ans.

Malgré son état, John MILLER allait insister pour voir et parler à son épouse immédiatement, avant même de continuer à dévoiler tout ce qu'il savait sur son incroyable épopée sur la lune.

Les responsables du « *Space Center Houston* » allaient devoir accéder à sa demande, cependant elle se ferait sous certaines conditions bien précises. Laisser MILLER en liberté, alors qu'il venait de révéler des événements d'une ampleur et importance aussi ahurissantes qu'extraordinaires, était tout simplement inenvisageable. Alors, on allait faire venir son épouse Barbara JENSEN dans les locaux au sein même du centre spatial et qui plus est, toutes leurs conversations seraient enregistrées afin d'empêcher une quelconque révélation d'information concernant la mission.

MILLER allait s'insurger sur une telle inacceptable intrusion dans sa vie privée, mais ce n'était pas négociable, il détenait des informations d'une importance incalculable pour le pays et les responsables n'étaient pas disposés à courir le moindre risque qu'elles soient dévoilées. Alors, il n'eut pas d'autre option que celle d'accepter à la lettre les conditions requises. On allait tout juste lui accorder, que si les échanges avec son épouse restaient dans les limites personnelles, les conversations seraient détruites immédiatement. On demanda au Capitaine John MILLER de faire part à sa femme des restrictives mais nécessaires modalités requises pour arriver à une solution concernant leur divorce. Bien que surprise, Barbara JENSEN accepta les excessives exigences, et se rendit au Centre de Huston à la date prévue.

Une semaine était passée, et John MILLER, désormais, remis de son coup de fatigue, ainsi que de l'annonce de son épouse, attendait Barbara dans une sorte de chambre d'hôtel aménagée à l'intérieur du Centre, avec les commodités nécessaires à un échange décontracté, à ceci près qu'ils étaient filmés et écoutés par des moyens dissimulés, mais bien présents.

John faussement détendu assis sur le large canapé, attendait Barbara qui pénétra à son tour dans la pièce. Il se leva et vint à son encontre.

— Bonjour chérie, comment vas-tu, et les filles ?

Barbara, juchée sur ses hauts talons, dans une ostensible et élégante robe rouge cintrée, qui mettait en valeur son corps, coiffée et maquillée à l'extrême, ne dit mot. Elle parcouru de son regard bleu-vert l'ensemble de la pièce, et s'assit sur le fauteuil en face de son époux.

— Bonjour John ! Dit-elle enfin.

— Les filles vont bien, elles sont à la maison avec « *Matilda* » leur nounou.

— Barbara, que se passe-t-il ? Pourquoi cette soudaine décision de vouloir divorcer ? J'ai fait quelque chose de répréhensible ?

— Oh oui ! Mais pas seulement !

— Explique-toi ! Barbara, pour l'amour du ciel, Explique-toi !

— John ! Depuis notre mariage, tu n'as pensé qu'à toi ! À tes entraînements, à tes études, au « *Space Center* », à tes collègues de travail, à ton envie d'aller sur la lune ! Et moi, tu t'es posé ne serait-ce qu'une seule fois la question de mes envies ou mes besoins ?

— Mais chérie ! Tu savais parfaitement que mon travail était prenant et spécial, ce n'est pas un « *job* » banal, tu en étais bien consciente, lorsque nous nous sommes rencontrés.

— Écoute ! J'ai passé la plupart du temps isolée de tout et de tous, lorsque mes amies de l'hôpital sortaient en couple, moi j'étais seule délaissée, pendant des années, je ne t'ai vu que quelques sporadiques week-ends et encore, bien souvent en compagnie de tes amis et leurs épouses, jamais nous ne sommes sortis avec mes collègues médecins de l'hôpital, ils n'existaient pas pour toi, ils ne faisaient pas partie de ton monde,

— Barbara, tu ne crois pas que tu exagères un peu ? La vie est ainsi parfois, on ne peut pas tout avoir, il faut faire des choix et des sacrifices, pour nous, pour nos filles, c'est la vie, on ne peut pas tout contrôler. Nous possédons une magnifique maison, deux beaux enfants, la santé, de l'argent, que veux-tu de plus !

— Non John, non ! Ce n'est pas aussi simple, il y a autre chose dans la vie, et d'ailleurs, tu ne t'en prives pas, n'est-ce pas ?

— De quoi parles-tu ?

— Lacy FOSTER, ça te dit quelque chose ? Pour ne parler que d'elle, je suis certaine que tu passais plus de temps dans son lit que dans le nôtre. Mais ce n'est pas grave, en tout cas, ça ne l'est plus, de mon côté, j'ai quelque chose de bien plus important à t'apprendre !

— Moi aussi j'ai quelqu'un dans ma vie, et ça ne date pas d'hier !

— Ah très intéressant ! Je t'écoute, explique-moi où tu veux en venir.

— C'est tout simple, Tu connais mon collègue le docteur Christopher OWENS, forcément, c'est lui qui a pratiqué mes deux accouchements, et bien il n'est pas seulement mon gynécologue, c'est aussi le père génétique des deux filles.

En entendant ces mots, John failli avoir une attaque, tout d'abord il crut à une mauvaise plaisanterie de son épouse, mais voyant le sérieux de son expression, il changea très vite de visage, il s'aperçut que Barbara ne plaisantait pas.

— Mais te rends-tu compte de ce que tu affirmes ! Qui me prouve que ce que tu dis est la vérité !

— Oh c'est tout simple, je m'attendais à ton scepticisme ! Barbara fouilla nerveusement dans son sac à main et en sortit une enveloppe qu'elle tendit à John avec les résultats des analyses ADN de paternité, et celles-ci confirmaient officiellement les dires de Barbara. Le père des deux filles était bien le docteur Christopher OWENS.

Pour John, ce fut comme un coup de massue, même s'il avait trouvé un peu curieux le fait que Barbara tombe enceinte, aussi facilement, compte tenu du peu de fois qu'ils s'étaient vu pendant ces dernières années, à cause de son absence pour son prenant travail. Cependant, jamais il ne s'était douté de ce qu'il venait d'apprendre.

Sans ajouter un seul mot de plus, Barbara JENSEN se leva et se dirigea vers la sortie.

— Mais alors c'est tout ! Nous devons en parler tu ne crois pas ? Ajouta John.

— Non ! Je n'ai rien à ajouter, pour moi tout est bien clair désormais, pour les formalités, nos avocats s'en chargeront.

Barbara quitta la chambre, laissant John dans la confusion la plus totale. Un véritable séisme s'était abattu sur lui, le plongeant plus encore si c'était possible dans un indéterminable brouillard mental, duquel il aurait bien du mal à sortir.

Après cette épisode inattendu, John sombra dans un profond désarroi et confusion, même s'il savait que tout n'allait pas si bien dans son couple, jamais il n'aurait imaginé le mensonge et l'hypocrisie de son épouse Barbara. Bien sûr, il avait sa part de culpabilité, il l'admettait volontiers mais de là à lui avoir caché que ses deux enfants n'étaient pas de lui, il y avait un monde, un abîme qu'il ne parvenait pas à comprendre et encore moins à concevoir. C'était quelque chose qui le dépassait et qu'il n'arrivait pas à assimiler.

7

« Extraterrestres »

Malgré les fâcheux devoirs conjugaux que John avait vécus et pour lesquels il n'était pas préparé, il dut se résoudre et affronter une épreuve de plus, dont il se serait bien passé. Sa vie personnelle allait être chamboulée et venait s'adjoindre à son inimaginable problème qui l'avait placé dans une bien embarrassante situation.

Il allait cependant essayer de faire face à l'adversité et d'affronter avec grand professionnalisme, les incessantes et pénibles réquisitions de ses supérieurs.

Quelques semaines plus tard, MILLER avait retrouvé une certaine sérénité, sur le plan sentimental, mais aussi émotionnel vis-à-vis de ce qu'il avait vécu lors de sa mission. Il décida donc de reprendre la description de son aventure lunaire devant le conseil au grand complet.

— Comme je commentais l'autre jour, finalement ils nous ressemblent physiquement, mais leur avance technologique est abismale, ne serait-ce que le fait de pouvoir se rendre invisibles ou se déplacer dans les trois dimensions sans utiliser le moindre accessoire ou instrument. Ils n'utilisent jamais aucun outil ou appareil pour leurs actions, et j'emploie ce mot, car je n'ose pas parler de travail, au sens où nous le connaissons sur terre. Ils sont capables d'effectuer n'importe quels gestes ou activités sans avoir besoin d'utiliser un quelconque objet, d'ailleurs, les nombreuses zones que j'ai pu visiter, étaient totalement dépourvues du plus infime meuble ou appareil, aussi bien dans les couloirs que dans les zones opaques. De toute évidence, ils contrôlent tout par le mental ou quelque chose qui lui ressemble. Ils se tiennent toujours debout sans ressentir la moindre apparente fatigue. Quant aux repas, ils n'existent pas, comme nous le connaissons, j'ai surpris à plusieurs reprises certains avaler tout en se déplaçant des minuscules gélules vertes fluorescentes. J'ai tout de suite pensé que c'était leur façon de se rassasier. Une des choses importantes, ils ont besoin de respirer de l'oxygène comme nous. Au début, lorsque j'avais mon scaphandre, je ne m'étais pas rendu compte. Seulement, lorsqu'on m'a conduit, je ne sais pas comment le décrire, dans un de ces volumes obscurs ou ils m'ont examiné dans les moindres détails, ils ont commencé par essayer de m'enlever mon casque, alors j'ai tenté de résister, mais en quelques secondes j'étais complètement paralysé et je me rendis compte que je respirais normalement. Bien entendu, ils n'ont pas tardé à me dépouiller de tous mes vêtements et je me tenais là debout au milieu d'une vingtaine de personnages qui me scrutaient sous toutes mes coutures. Ils faisaient tous de petits gestes sur différentes zones de leur tête, en même temps que certains s'approchaient jusqu'à quelques centimètres de mon corps qu'ils examinaient comme si je passais un scanner. Voyant ma fatigue, ils m'ont allongé sur une sorte de table invisible, où ils ont continué leurs minutieux examens pendant deux ou trois heures, je suppose, puisque j'avais complètement perdu la notion du temps. Et tout d'un coup, un frisson parcourut mon corps, j'avais compris qu'ils avaient l'intention de m'autopsier. À ce moment-là, je commençai à me révéler en criant et gesticulant de tout mon être. Cela n'allait servir à rien, quelques secondes plus tard, j'étais de nouveau paralysé. Pour moi, ce fut un moment effroyable, que je n'oublierai jamais, j'étais inerte, mais complètement lucide et j'allais assister impuissant, à ma dissection.

8

À ce moment-là de son récit, MILLER se sentit mal et on interrompit immédiatement la séance. Il avait manifestement vécu un terrible événement, qui avait affecté profondément son mental.
Les psychiatres présents demandèrent l'arrêt immédiat de son audition, pour un temps indéfini. Le capitaine MILLER, resterait en observation le temps nécessaire à son rétablissement, le danger était bien réel, pour lui et pour la suite des révélations, c'était beaucoup trop important pour qu'on se risque à précipiter les choses.
Bien évidemment, les officiers présents, n'étaient pas de cet avis.
— C'est un militaire aguerri, les risques sont à peu près nuls, il soufre simplement d'un peu de fatigue et d'épuisement, voilà tout. Cependant, les autorités, en premier lieu le Président, allaient suivre les avis des

docteurs et MILLER fut placé sous la responsabilité des psychiatres jusqu'à son total rétablissement.

Seulement, celui-ci au lieu de montrer des signes de rémission, sombrait peu à peu dans une sorte de marasme et apathie qui commençaient à inquiéter sérieusement les praticiens. Il était revenu à son état du début, répétant sans répit les mêmes invariables paroles.

— *Numéro un, numéro deux, numéro un, numéro deux, mes amis de la lune, mes amis de la lune, numéro un, numéro deux...*

Cela semblait inexplicable, de nouveaux examens neurologiques furent réalisés sans détecter la moindre pathologie, ni dysfonctionnement. Il allait même finir par tomber dans un profond coma, que les éminents spécialistes ne surent expliquer.

Maintenant, que faire ?

Fallait-il alerter la population et la presse, cela était inenvisageable, les risques de troubles et réactions hostiles du peuple seraient trop grands, ils demanderaient des explications et que dire des Soviétiques, ils ne se gêneraient pas pour monter en épingle cet événement, faisant passer la mission américaine, pour un échec. Alors, il fallait à tout prix temporiser et espérer le rétablissement rapide du capitaine, mais cela ne pouvait pas être programmé, ni même avoir la moindre prévision du moment où il se produirait, sachant aussi, qu'il pourrait très bien rester dans cet état végétatif pour un temps indéfini, et dans le pire des cas, ne jamais se réveiller.

Mais c'était sans compter sur les intrépides enquêteurs en premier lieu du journal « *The Washington Post* » toujours à l'affût et qui disposaient d'un informateur à l'intérieur même du centre.

Celui-ci allait fournir de précieuses informations sur l'état de l'astronaute et l'enquête n'allait pas tarder à faire les gros titres du journal suivies, bien entendu, par le reste des médias, qui allaient assiéger jour et nuit, le « *Space Center Houston* » dans l'attente d'une déclaration officielle des autorités. Pour les responsables, c'était le pire des scénarios, ils allaient devoir affronter les embarrassantes questions qui ne manqueraient pas d'être posées avec insistance par les journalistes de la presse écrite et des nombreuses chaînes de TV. Le dirigeant du centre allait convoquer sans le moindre délai une réunion de crise et une enquête interne allait être menée pour connaître le responsable des fâcheuses fuites.

9

Les responsables du « *Space Center Houston* », décidèrent de transférer le Capitaine John MILLER dans un centre hospitalier plus adapté à son état.
Celui-ci demandait des soins et une attention plus spécifique qu'il ne pouvait pas recevoir sur place, seulement, de toute évidence, cela allait poser de gros problèmes de sécurité. Quant à l'enquête interne, sur les fuites, elle demeurait au point mort et n'allait pas donner le plus infime résultat. Presque deux mois allaient passer, sans la moindre amélioration de MILLER. Pourtant, toutes ses constantes étaient parfaites et il ne nécessitait aucune aide respiratoire ou de toute autre nature. Et puis une nuit, il allait ouvrir les yeux et commencer à bouger les doigts de ses mains, il était enfin sorti de son curieux coma. Avec une rapidité déconcertante et inhabituelle, il

allait recouvrer toutes ses fonctions motrices et neurologiques. Les médecins n'en revenaient pas. Habituellement, le réveil se fait par de courtes étapes successives, et avec une pesanteur et un délai beaucoup plus étendu. À partir de ce moment, on allait le transférer dans une autre unité de soins, non pas au centre de Houston, mais, dans une base militaire du Texas, pour ne pas risquer de nouvelles fuites dans la presse. Les déclarations de MILLER allaient reprendre-devant les mêmes interlocuteurs et le récit allait devenir beaucoup plus précis et fascinant.
— Alors que j'étais persuadé que l'on allait me dépecer comme une vulgaire carcasse d'animal, je fus surpris par l'étrange procédé et attitude des intervenants. Deux autres personnages, semblables à ceux déjà présents s'approchèrent et allaient lentement effleurer à quelques millimètres la totalité de mon corps, avec leurs mains, pendant une bonne demi-heure. Après cela, ils allaient s'entretenir quelque temps, avec le reste des individus présents et quitter les lieux, en s'évaporant comme d'épais nuages, jusqu'à disparaître complètement. Mon soulagement fut alors extraordinaire, je venais de vivre le pire moment de mon existence et je crois qu'il le restera à tout jamais. Par la suite, j'allais être confié à la garde de deux personnages, que je qualifierai de singuliers, bien qu'ils soient semblables aux autres en tous points, ils avaient un comportement bien

différent. Pour la première fois depuis mon arrivée dans cette base souterraine, j'allais entendre des paroles compréhensibles, en effet, je fus surpris, lorsque l'un d'entre eux s'adressa à moi.

— Raconte-nous, tu es de quel endroit ?

— Je suis Américain ! Répondis-je banalement, avec la plus anodine normalité, comme si je parlais à mon voisin de palier.

Et là deux secondes après, je me rendis compte qu'il s'était adressé à moi, en toute simplicité et dans ma langue. C'était ahurissant, invraisemblable et totalement inattendu.

— Oui nous savons, mais plus précisément ?

— Je suis né à Houston !

— Ce n'est pas vrai ! Tout comme nous deux, tu as entendu ça Larry ! On a un compatriote, il est du Texas !

John MILLER croyait rêver, des extraterrestres qui me disaient qu'ils étaient du Texas, mais qu'est-ce qui se passe, ce n'est quand même pas une caméra cachée ?

John n'y comprenait plus rien, il était sur la lune, enfin pour l'heure dans une sorte de base souterraine, il avait été observé à la loupe et puis tous ces curieux personnages, dans ce lieu improbable, c'est un rêve oui je suis en train de rêver et je vais me réveiller !

Les deux gardes s'étant aperçu que quelque chose d'anormal m'arrivait et que j'allais m'évanouir, me prirent par les bras et en me soulevant, m'emportèrent dans une des salles obscures pour m'allonger sur une table invisible.

— Ne t'en fait pas, c'est normal la première fois ! Ça nous est arrivé aussi !

— Comment ça, ça vous est arrivé ? De quoi parlez vous ? Si c'est une plaisanterie, elle est de mauvais goût, il est temps que ça s'arrête !

— Calme toi John, calme-toi ! C'est loin d'être une plaisanterie, tu es bien dans une base lunaire, et nous sommes des extraterrestres, enfin dorénavant.
Tu vas comprendre, rassure-toi !
Voilà, je m'appelle ou plutôt je m'appelais, Larry CLARK et mon ami, c'était Alan DAVIS, mais ici, nous sommes *« numéro 1 et numéro 2 »*.
Sur la Terre, nous étions de simples paysans jusqu'à l'arrivée de la lumière.

— De la lumière ? De quelle lumière parlez-vous ?

— Attends John, tu vas comprendre !
C'était un après-midi d'aout 1810, nous avions terminé nos travaux des champs, et nous sommes allés pêcher à l'étang tout proche qui bordait notre propriété.

— Une seconde ! Tu viens de dire aout 1810, tu t'es trompé de plus d'un siècle je crois Larry, humm ! Excuse-moi ! *« Numéro 1 »*.

— Non pas du tout, c'était bien en 1810 je me souviens comme si c'était hier. D'ailleurs, nous attendions l'arrivée de Lucien Bonaparte qui avait embarqué en France le 7 août de cette année, la nouvelle était dans tous les journaux.

— Mais c'est impossible ! Tu te fiches de moi !

— Calme-toi, nous sommes ici depuis août 1810, mais le temps n'évolue pas comme sur la terre.

— Bien, mais comment êtes-vous arrivés là ?

— Je te l'ai dit, par la lumière, alors que nous péchions tranquillement, un puissant faisceau lumineux parut dans le ciel, juste en face de nous et en quelques secondes nous étions comme absorbés par le puissant rayon et nous nous sommes retrouvés dans une espèce d'épais nuage bordé par des cloisons invisibles, et quelques secondes après, nous étions ici même dans cette base.

Après un certain temps et avoir passé les mêmes examens que toi, on nous demanda si nous voulions retourner sur terre ou rester parmi eux.

Chez-nous, nous étions deux pauvres bougres, sans la moindre famille et ici on nous proposait une vie presque éternelle, sans travailler, alors le choix fut rapide et unanime. Du jour au lendemain notre apparence changea et nous voilà devenus deux des leurs.

— C'est incroyable, mais que faites-vous de vos journées dans cet espace clos ?

— D'abord, il n'y a pas de jours, ni de nuits d'ailleurs comme nous les connaissions sur terre, c'est un temps indéfini de loisirs et de bien-être perpétuel.

Tout passe par l'imagination, il suffit de penser à quelque chose et elle se réalise, un endroit, une époque, et nous y sommes immergés dans ce monde plus vrai que nature, nous pouvons voyager dans n'importe quel lieu instantanément, nous sommes sur place et je peux te dire que ce que nous voyons, ressentons ou percevons sur terre, n'est qu'une pâle réalité comparée à celle que nous vivons et discernons de tous nos sens.

Tu comprends maintenant notre choix, et nous ne reviendrions pas dans notre ancienne vie, pour rien au monde. Dans notre univers, tout n'est que joie et bonheur, il n'y a pas de guerre ni de conflits, pas de pauvreté ou de maladie non plus, tout t'est offert, sans contrepartie de travail, tu disposes à l'instant de tout ce que tu désires sans aucune limite, il te suffit de le vouloir.

MILLER, était interloqué, stupéfait par le récit de son interlocuteur.

— Tout cela me semble parfait, mais moi je ne désire pas rester dans ce monde aussi merveilleux soit-il, j'ai une femme et deux superbes filles qui m'attendent sur terre et je n'ai qu'une envie, c'est de les rejoindre, et de partager l'existence avec elles.

— Oui ! Nous pouvons comprendre, seulement il se pourrait que ce soit plus difficile que pour nous, tu es un astronaute, et tu en sais beaucoup trop.

En ce qui nous concerne, ils auraient pu nous ramener sur terre, tout ce que nous aurions pu révéler, n'aurait jamais été pris au sérieux par personne et nous aurions même pu finir nos vies dans un asile d'aliénés. D'ailleurs, nous ne sommes pas les seuls à avoir vécu cette expérience, d'autres ont choisi de retourner sur terre et ils ont tous été ramenés à leur point de départ, sans le moindre problème, seulement, comme vous le savez, sur terre, personne ne les a crus.

Cependant, ton cas est différent, tu es un professionnel, un homme capable d'être venu sur la lune, qui pourrait tout révéler sur la présence de cette *« base »* et causer beaucoup de tort à cette vie extraterrestre, totalement inconnue des terriens.

10

Le récit de MILLER, devenait de plus en plus énigmatique et étrange, au point de faire douter certains de ses interlocuteurs. Sans compter son inexplicable comportement, ses défaillances soudaines, ainsi que son surprenant et déroutant rétablissement. Et puis toute cette histoire de Terriens devenus extraterrestres, avec leurs âges improbables et leurs ahurissants pouvoirs. Pour certains, le Capitaine, avait subi un sérieux traumatisme, même s'ils n'arrivaient pas à déterminer l'origine malgré la cascade et avalanche de séries de tests et d'examens.
Dès lors quoi faire de tous ses extravagants récits et informations, et surtout quel sort réserver au Capitaine MILLER ? Le laisser en liberté pourrait créer une multitude de problèmes inimaginables et incontrôlables qui échapperaient totalement à la

NASA, mais aussi aux militaires et au gouvernement du pays. Les possibles préjudices pourraient transcender les pires scandales ou indignations, du simple fait qu'ils soient tenus par un illustre astronaute comme le Capitaine MILLER. Seulement, personne n'avait la solution adéquate, et il était inimaginable de le garder indéfiniment en rétention pour des motifs médicaux ou pour toute autre raison. Pourtant, certains militaires, ne voyaient aucune objection à le retenir pour toute « *autre raison* » comme on avait affirmé.

— On pourrait facilement diffuser de fausses nouvelles, affirmant, qu'il était devenu dérangé, ou pire dangereux, et là on avait peut-être la solution du problème.

Quelqu'un avait même évoqué la possibilité de tout simplement le faire disparaitre. Bien entendu, pour la majorité des responsables, il était inimaginable d'arriver à cet extrême.

— Vous êtes devenus fous ! Nous ne sommes pas des assassins tout de même, surtout avec nos illustres citoyens !

De toutes manières, il fallait trouver une solution, et très rapidement, la pression des médias, devenait chaque jour plus intenable.

Une réunion extraordinaire des plus hautes autorités concernées allait être convoquée pour arriver à un consensus et apporter une réponse convenable au problème du Capitaine John MILLER.

Après plusieurs longues et turbulentes séances, on allait arriver à une solution.

Le Capitaine allait être déplacé dans une base militaire du nord de l'Alaska, puis placé dans un coma artificiel, pour un temps encore indéfini. La famille serait prévenue d'une soudaine dégradation de son état, et qu'il faudrait s'attendre à de longs mois, voir des années avant une possible rémission. Cela semblait effectivement une solution acceptable, compte tenu de la situation. On allait donc opter pour cette initiative, qui semblait satisfaire la plupart des responsables. D'autant que les problèmes familiaux de MILLER, allaient faciliter considérablement cette décision, n'ayant plus de famille autre que son épouse, qui n'opposerait aucune objection à cette mise à l'écart, qui allait apporter de l'eau à son moulin et faciliter son divorce.

11

« Alaska »

La décision ayant été prise, on allait rapidement procéder à sa mise en exécution, dans le plus grand secret. Le Capitaine allait se retrouver dans un lieu, très controversé et mystérieux « *l'HAARP* » une base militaire américaine située quelque part, en Alaska dédiée en théorie à l'étude atmosphérique. Cet endroit entretient depuis des années les polémiques, qui alimentent les fantasmes les plus fous, même si les autorités militaires ont toujours nié une quelconque activité autre que celle pour laquelle elle a été conçue.

La décision avait été prise de transférer l'astronaute placé sous de légers sédatifs, pour des questions de sécurité médicale, les médecins n'étant pas favorables à un tel déplacement sous coma profond, qui aurait pu le mettre en danger compte tenu du dispositif nécessaire incompatible à un long voyage en avion.

Le vol allait se dérouler sans la moindre difficulté, et tout juste arrivé, le Capitaine allait être pris en charge par l'équipe du Professeur Elliott TURNER.

Placé directement sous sa responsabilité, il allait occuper une chambre parfaitement aménagée, où il serait surveillé nuit et jours par des caméras et des micros, en plus de tout le matériel nécessaire à son maintien en coma profond. Une équipe médicale ainsi que des agents gouvernementaux allaient le surveiller depuis une salle contiguë, munie de tous les appareils nécessaires au contrôle de ses constantes vitales, mais aussi à tout possible signe, étrange ou inattendu.

Plus de trois mois allaient passer, sans aucun événement ni nouveauté, tout se déroulait parfaitement comme prévu. Une nuit, vers trois heures du matin, alors que tous les surveillants étaient assoupis par l'invariant et pesant ennui ainsi que la conséquente fatigue des longues heures passées devant leurs écrans de contrôle, un curieux événement allait se produire, le Capitaine John MILLER, pourtant placé sous un puissant sédatif, allait ouvrir les yeux, et s'assoir sur le bord de son lit.

Puis, soudain débiter son éternelle rengaine.

Numéro un, numéro deux, numéro un, numéro deux, mes amis de la lune, mes amis de la lune, numéro un, numéro deux...

Dans la salle de contrôle, immédiatement, chacun sortit de sa torpeur, en se frottant les yeux, ce qu'ils voyaient et entendaient soudain, était tout simplement impossible. Pourtant, la réalité était-là, MILLER déambulait désormais à moitié nu, à son aise dans la pièce, s'étant débarrassé de tous ces encombrantes perfusions et multiples capteurs disséminés sur tout son corps. C'était une scène sidérante, totalement invraisemblable et ahurissante, qui se déroulait sous leurs yeux. Tous avaient le souffle coupé et restaient là comme figés devant ce spectacle inouï qui semblait se dérouler comme hors du temps. Quelqu'un finit par prévenir le Professeur Elliot TURNER, qui dormait profondément dans ses appartements. Immédiatement, il accourut et pénétra en compagnie de deux gardes armés dans la pièce ou déambulait MILLER, mais celui-ci, ignora totalement la soudaine intrusion et continua son insatiable litanie. Au bout d'un moment, l'astronaute, cessa son obsédante allitération et pris conscience de la présence des trois hommes. Soudain, d'un geste brusque et inattendu, Il se plaça face à eux et demanda.

— Qui êtes-vous et où suis-je ?
— Bonjour Capitaine MILLER ! Je suis le Professeur Elliott TURNER, vous êtes hospitalisé, à la suite de vos

troubles mentaux, vous rappelez-vous qui vous êtes et ce qui vous est arrivé ces derniers temps ?
MILLER resta pensif un instant.

— Professeur, oui je me souviens parfaitement, je suis astronaute, je faisais partie de la mission Apollo 17 et je suis allé sur la lune, avec mes deux camarades le commandant Jack WILSON et Amber BROWN qui demeura en orbite, dans le *« Module de Commande »*.

— Parfait ! et vous souvenez-vous de ce que vous avez relaté au sujet de votre instance sur la lune ?

— Oui parfaitement, j'ai d'ailleurs tout raconté à mon arrivée sur terre !

— Très bien ! Êtes-vous, en mesure de nous en dire plus sur votre rencontre avec les êtres de la base lunaire ?

— Bien sûr, que voulez-vous savoir ?

— Eh bien pour quelle raison, vous ont-ils relâché ?

— Ils ne m'ont pas relâché comme vous dites, ce sont mes deux amis qui m'ont permis de m'évader !
Lorsque je leur fis part de mon désir de retourner sur terre, ils décidèrent de m'aider à m'échapper.
Ils savaient parfaitement que je ne serais pas relâché, d'ailleurs, certains terriens sont toujours entre leurs mains, ils considèrent qu'ils représentent un danger pour eux, ceux-ci ne sont pas intégrés à leur communauté comme nous, ils les gardent en un lieu secret, en état végétatif, certains depuis des dizaines d'années maintenant.

Pendant qu'ils décidaient du futur de mon sort, je fus placé sous la constante surveillance de mes deux compatriotes, « *numéro 1 et numéro 2* ».
Ils allaient me confier, qu'ils feraient tout leur possible pour me faire partir, même si ce ne serait pas simple, d'échapper à la constante vigilance de chaque coin de la base. Malgré tout, ils pensaient pouvoir réussir, étant donné qu'ils étaient relativement peu surveillés, du fait que même s'ils bénéficiaient de tous les agréables et plaisant bienfaits comme tous les autres, ils n'étaient pas dans la confidence de leurs secrets technologiques. De ce fait, ils pouvaient aller et venir à leur aise, un peu partout, d'autant que le savoir et la communication sensible, se faisaient seulement par des ondes neurologiques, auxquelles ils n'avaient naturellement pas accès.
C'est ainsi qu'à un certain moment, ils allaient me conduire jusqu'à l'accès de l'ascenseur, et sans que personne d'autre n'intervienne, ils allaient me placer à l'intérieur et me faire regagner la surface.
En quelques instant, j'allais me retrouver de nouveau sur le sol lunaire, et l'ascenseur, en effectuant des sortes de vibrations, allait disparaitre sous une couche de sable sombre semblable au reste.
Encore incrédule, de ce que je venais de vivre, je regagnais le haut de la petite colline, où je fus aussitôt rejoint par le Commandant Jack WILSON.
La suite, vous la connaissez.

Le Professeur Elliott TURNER, se trouvait maintenant dans une embarrassante situation qui lui donnait des sueurs froides. Encore ébahi par cet invraisemblable événement qui dépassait son entendement, il s'empressa d'en faire part aux autorités, qui médusées à leur tour, refusaient de croire qu'une personne placée dans un coma profond, puisse d'un coup se mettre à déambuler sans la moindre torpeur ou adynamie et tout cela sans éveiller la moindre alerte de ses surveillants. Quelque chose avait failli dans le dispositif, c'était évident, alors, le Professeur TURNER, allait devoir rendre des comptes, c'était certain. Convoqué devant une commission de discipline, il allait détailler et confirmer la véracité du protocole de la mise en coma artificiel profond du Capitaine MILLER, et cela allait être attesté par tous ses subordonnés, qui s'étaient personnellement occupés de la tâche. Malgré tout, le Professeur allait être écarté de sa fonction, qui serait désormais confiée aux médecins spécialistes, sous la responsabilité directe, des plus hautes autorités du pays. On allait procéder à une nouvelle tentative de mise en coma profond, cette fois par le nouveau Professeur en personne, l'éminent « Allan TAYLOR ». Celui-ci allait appliquer le nouveau protocole, avec rigueur et dextérité, affirmant que le patient n'aurait aucune possibilité de revenir à lui, sans son intervention et procédure adéquate.

12

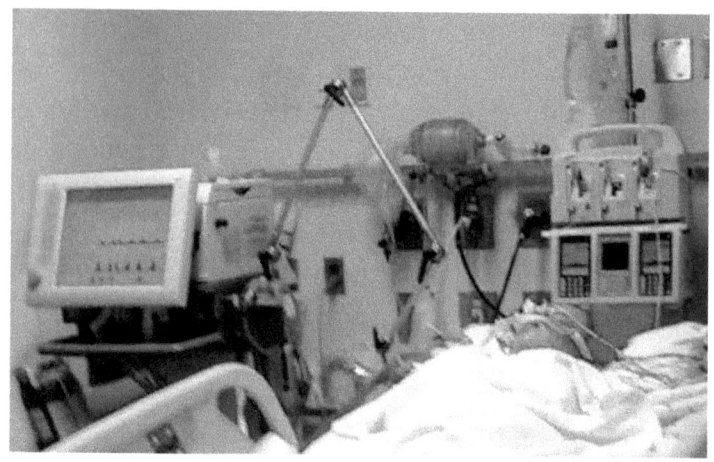

« Le Capitaine John Miller »

Désormais, le Capitaine John MILLER, se trouvait dans un état végétatif hyper profond et pour une totale sécurité, il avait été attaché à son lit. Deux gardes en faction devant la porte de sa chambre, assuraient nuit et jour toute impossibilité d'intrusion ou sortie sans accréditation spéciale. Et tout le sophistiqué système de surveillance et de contrôle, avait été maintenu.
Cependant, malgré cette inouïe débauche de moyens, deux jours après, un inattendu et curieux événement allait se produire. Sans que la moindre alerte se déclenche, MILLER allait complètement disparaître

de sa chambre. Pourtant, les gardes et la constante surveillance des diverses caméras et des innombrables capteurs et surveillants n'allaient rien détecter. Il s'était littéralement évaporé. L'alerte générale allait être déclenchée dans toute la base. Mais malgré les minutieuses recherches, le Capitaine demeurait introuvable et on décida de les étendre à tout l'État.

Ce qui venait de se produire dans cette basse secrète perdue d'Alaska était pour le moins anormal et totalement aberrant. Cela dépassait l'entendement, l'irrationnel, l'illogique.

Mais que se passait-il ? Se demandaient les autorités, comment comprendre l'incompréhensible.

Et si ce que racontait le Capitaine John MILLER sur les extraterrestres était vrai ?

— Impossible ! S'exclama, exalté, le Général Andrew BROWN, qui dirigeait la délégation militaire.

Cet homme est tout simplement devenu fou, voyons ! Il a dû subir un traumatisme qui le fait divaguer.

Les scientifiques, dirigés par le Professeur « Allan TAYLOR », sautèrent de leurs chaises.

— Général ! Comment pouvez-vous affirmer une telle chose ! Vous savez parfaitement que le Capitaine MILLER a subi les examens les plus poussés, sur le plan neurologique et que rien ne permet d'argumenter le moindre doute sur son état mental.

Mon équipe et moi-même sommes en mesure d'affirmer et de démontrer le parfait état cérébral et psychique de John MILLER.

La détresse ou l'affliction dont il souffre est forcément d'un autre type. Je suis en mesure de vous l'assurer formellement.

— Parfait ! Alors que faisons-nous ? Cet homme en ce moment-là même, se balade dans la nature, diffusant dieu sait quelles informations ultra secrètes, et nous restons assis là, en attendant qu'il réapparaisse. C'est la seule solution que vous proposez ?

La réponse allait venir à l'instant même, lorsqu'un attaché frappa à la porte de la salle de réunion.

L'homme tendit un message écrit au président, qui s'empressa de le parcourir d'un œil furtif mais attentif. D'un geste, il se leva de son fauteuil et s'exclama.

— Messieurs, je réclame votre attention s'il vous plaît !

Nous avons des nouvelles du Capitaine John MILLER ! Il aurait été vu à « *Togiak* » une petite ville sur le bord de la « *Baie Togiakau* » au sud d'Alaska, puis plus tard, à « *Newhalen* » à proximité du « *Lac Lliama* » non loin de « *Lliama Airport* ».

D'après les observateurs, il déambulerait dans les rues, complètement nu, par une température de moins vingt degrés, sans avoir l'air de chercher à se cacher, ou à fuir.

Les observateurs, sont formels, il s'agirait bien de l'astronaute.

13

« Flag of Alaska »

Aussitôt, les autorités locales et gouvernementales de « *Newhalen* » et de l'aéroport furent alertées. Il fallait absolument arrêter le Capitaine John MILLER, par n'importe quel moyen.

Toutes les patrouilles de police disponibles du secteur, allaient avoir un seul et unique objectif, l'arrestation du Capitaine. L'enjeu était primordial, il ne devait leur échapper sous aucun prétexte.

L'armée allait venir prêter main forte aux forces de Police et on n'allait pas tarder à localiser le fugitif.

Celui-ci marchait tranquillement, dans une rue, sans se soucier un seul instant, de son environnement.

À quelques centaines de mètres, un barrage formé de véhicules militaires et de police, bloquait complètement la rue. L'officier commandant le dispositif, s'empara d'un porte-voix, et ordonna à MILLER, l'arrêt immédiat, mais celui-ci continuait à avancer ignorant les avertissements du Colonel GARCIA.

— Capitaine John MILLER, arrêtez-vous ! C'est un ordre !

Cependant, celui-ci, bafouant les sommations, continuait à avancer sans la moindre intimidation en direction du barrage. Alors qu'il se trouvait à une cinquantaine de mètres, l'officier ordonna à ses hommes de l'appréhender sur le champ.

Lorsque les militaires arrivèrent sur lui, MILLER disparut soudain devant leurs yeux ébahis.

Personne ne comprit l'étrange phénomène qu'ils venaient de vivre, que s'était-il passé ? Une soudaine inquiétude s'empara des militaires, qui les fit reculer de plusieurs mètres. Quant au Colonel qui commandait le dispositif, il ordonna de dégager la voie, et s'empara de son poste radio pour communiquer à ses supérieurs, l'étrange et incroyable événement qui venait d'avoir lieu devant ses yeux.

Au QG, lorsque le président annonça la nouvelle, ce fut la stupéfaction, pendant un long moment, la bruyante salle sombra dans le plus complet silence, chacun resta hébété dans la plus profonde sidération. Personne ne croyait vraiment la véracité de cette inconcevable nouvelle. Seulement, les faits étaient là. Le rapport du Colonel GARCIA était limpide. Nous venons d'assister à un événement exceptionnel, hors du commun et jamais vu, considéré comme impossible par les lois de la nature que nous connaissons. Cet étrange phénomène, ne peut pas être expliqué, il ne peut être l'objet, que de quelque chose qui nous dépasse et que nous ignorons.

Dans la salle de réunion, ses paroles firent l'effet d'une bombe, d'un cataclysme sur toutes les autorités présentes.

— De quoi parle-t-on ? S'exprima le Général Andrew BROWN, d'un cas de magie ou de l'intervention d'un stratagème inconnu de forces militaires ennemies ?

Soyons concrets avant de nous affoler et essayons de comprendre à quoi ou à qui nous avons à faire, et d'éviter de mettre en place des mesures inadéquates qui ne feraient qu'affoler la population !

Sur cet aspect, l'officier n'avait pas tort, à quoi bon poursuivre quelqu'un qui pouvait disparaitre à n'importe quel instant. Essayons plutôt d'en savoir plus avec les forces Soviétiques qui sont certainement derrière ce curieux événement.

Des contacts allaient avoir lieu, au plus haut niveau entre les deux pays. Seulement, les Russes étaient catégoriques.

— Mais comment pouvez-vous imaginer une telle

chose ! Vous êtes devenus fous, nous ne sommes pas des saltimbanques, ou des faiseurs de tours de magie, cette chose est impossible !

Les autorités américaines, étaient dépassées par cet événement. Cependant, on n'allait pas tarder à entendre parler de l'insaisissable Capitaine John MILLER. Cette fois, il avait été vu à « *Lynnwood* » une petite ville tout près de « *Seattle* », dans l'état du Washington.

14

« Lynnwood, (Washington) »

John MILLER, cette fois, se promenait, dans un centre commercial du centre-ville, déambulant comme d'habitude, dans son plus simple appareil, sous les yeux médusés des clients, qui n'en croyaient pas leurs yeux. Seulement cette fois, son apparence avait légèrement changé. Il était devenu totalement chauve et ses traits avaient évolué, au point que certains le prenaient pour une personne déguisée.
Cette fois, il apparaissait avec des oreilles, très réduites, à peine visibles, et les traits changés par la forme de son nez et de sa bouche qui semblaient très

amenuisées, malgré tout, son visage était encore, parfaitement reconnaissable.

Il restait totalement muet. Dans le magasin, les badauds s'écartaient sur son passage et les agents de sécurité qui étaient intervenus pour l'arrêter, avaient été repoussés par une force invisible qui l'entourait.

Il allait quitter tranquillement le centre commercial, par la grande porte et s'évanouir dans l'immense parking. À partir de là, on perdit totalement sa trace. Lorsque les autorités qui avaient été prévenues arrivèrent sur place, le fugitif avait complètement disparu. Cette histoire commençait à faire les gros titres des médias. Pour les autorités, il était désormais devenu impossible de nier la vérité. On allait néanmoins diffuser une fausse nouvelle, affirmant que le Capitaine John MILLER souffrait d'un étrange cas de maladie dégénérative inconnue, avec pour instruction formelle de dénoncer immédiatement sa présence aux autorités. Mais, avec l'interdiction formelle d'essayer d'intervenir soi-même pour l'arrêter, on ne connaissait pas les possibles risques et dangers pour la population. Bien évidemment, ces instructions avaient surtout pour seul but de ne pas risquer de recueillir des possibles informations que pourrait propager l'astronaute. Pour les responsables de la sécurité du pays, la situation devenait critique. On avait un homme en totale liberté qui détenait des informations de la plus haute importance, et qui pouvait les diffuser n'importe quand, n'importe où et à n'importe qui.

La sécurité allait s'intensifier dans tout le pays, on allait scruter avec la plus grande attention, chaque caméra, publique ou privée, pour essayer de le reconnaître parmi la population et retrouver sa trace. Seulement, une semaine passa sans le moindre indice de sa présence.

Où était passé le Capitaine John MILLER ?

Et puis, miracle ! Il réapparut et pas n'importe où, sur son lit, dans la chambre qu'il avait occupée dans la base militaire d'Alaska le mystérieux « HAARP » dirigée désormais par le nouveau Professeur, Allan TAYLOR. Ce fut la stupeur, alors qu'il était recherché dans tout le pays, MILLER se trouvait allongé tranquillement sur son lit, comme s'il n'avait pas bougé pendant tout ce temps.

Son aspect avait changé, il était désormais à peine reconnaissable, il ressemblait presque en tous points aux fameux êtres qu'il avait décrit dans ses déclarations lors de son instance dans la « *base lunaire* ». Pressé de questions par les scientifiques, il ne parlait plus, son langage avait changé, il s'exprimait par des sortes de sons incompréhensibles et impossibles à reproduire par un être humain.

Cette fois, le Capitaine John MILLER avait totalement mué en extraterrestre. Désormais, le doute n'était plus possible, MILLER avait bien rencontré sur la lune des êtres venus d'ailleurs et il avait été contaminé, au point de devenir l'un d'entre eux. Pour les scientifiques, il était devenu une véritable mine d'or vivante. Dès lors, il allait de nouveau subir une multitude d'examens de tout genre, MILLER, ou le nouvel être qu'il était devenu n'opposa aucune résistance et se prêta sans réagir à toutes ces nouveaux examens sans promouvoir le moindre refus.

Seulement, un problème allait très vite se poser, il avait besoin de se nourrir, et tout naturellement il n'acceptait pas la nourriture terrestre, même lorsque celle-ci lui était administrée de façon artificielle.

Alors, ce qui devait fatalement arriver, arriva. John MILLER allait décéder une semaine plus tard, tous les moyens pour le réanimer furent vains. Tout naturellement, on le plaça dans une chambre mortuaire en attendant de décider du sort qui devrait être décréter au sujet de sa dépouille. Le Professeur Allan TAYLOR opta pour une minutieuse autopsie du corps dans le but d'essayer de comprendre son fonctionnement et les différences avec celui des humains, et, bien évidemment, cela fit l'unanimité parmi tous les conseillers. Seulement, une nouvelle surprise allait abasourdir tout le monde.

Lorsque l'on s'apprêta à sortir le corps du tiroir qui le maintenait à très basse température, celui-ci était vide. Le corps n'était plus là, pourtant cette salle avait été surveillée nuit et jours par tous les moyens possibles. Il était inconcevable que quelqu'un ait dérobé la dépouille du Capitaine, alors que s'était-il passé ?

Depuis la base lunaire, « *numéro 1 et numéro 2* » étaient venus à son secours et l'avaient ramené à la vie par leurs pouvoir mental. MILLER avait aussitôt abandonné les lieux en se rendant invisible aux humains, et avait quitté la morgue, en traversant les obstacles tels que les portes et les murs.

Désormais, il s'était rendu au nouveau domicile secret, de son épouse et ses deux filles. Demeurant invisible, il prit le temps d'observer celle qui croyait sa famille et il eut une bien mauvaise surprise, il avait été remplacé. Barbara JENSEN avait mis ses menaces à exécution, le divorce avait été prononcé et elle avait obtenu tous les avantages. Son épouse vivait maintenant avec Christopher OWENS et plus rien dans l'appartement qu'ils occupaient ne rappelait son existence. C'était une nouvelle famille, qui vivait heureuse, sans lui. De toute manière, son nouvel aspect, ne lui permettait plus de mener une vie normale sur terre.

15

Pour le Capitaine John MILLER, ce fut un coup dur. Sa seule famille sur terre l'avait abandonné sans le moindre remord. Pris dans la tourmente, n'ayant plus rien à perdre, il allait décider de disparaitre définitivement en se donnant la mort. Il erra pendant des jours cherchant le meilleur moyen de parvenir à ses fins. Puis tenter toutes les formes possibles d'y parvenir, sans le moindre succès, chaque fois qu'il essayait, son geste n'avait aucun effet sur lui.
Il se jeta sous un train, sauta d'un immense pont, vida le chargeur d'une arme sur sa tempe, tenta de se noyer, mais rien ne se passait. Il était toujours là indemne sans la moindre égratignure. Il avait compris, qu'il était indestructible sur terre et puis ses deux amis veillaient sur lui, il savait maintenant que rien ne pourrait le détruire, pour la première fois il assimilait qu'il n'était plus un humain. Il avait rejoint le peuple des extraterrestres.

Alors, il eut une révélation. Il allait mettre tous ces pouvoirs au service de l'humanité.
Et les opportunités d'intervenir n'allaient hélas pas tarder à se produire. Un jeune enfant d'environs trois ans avait réussi à passer par-dessus la balustrade d'un balcon, au septième étage d'un immeuble, celui-ci au bout de quelques minutes lâcha prise et chuta dans le vide, « *Numéro 3* » comme il avait décidé de se surnommer dorénavant intervint et récupéra l'enfant sain et sauf, puis le déposa sur le sol, où il se mit à courir devant les nombreux badauds qui avaient formé un attroupement devant l'immeuble. Les personnes présentes, n'en croyaient pas leurs yeux. L'enfant qui se précipitait vertigineusement depuis le septième étage, arrêta miraculeusement sa chute à un mètre du sol, et se mit à gambader dans la plus grande insouciance. Un miracle s'était produit, puisque rien de visible n'avait retenu sa terrible chute et son fatal impact sur le sol. Le même jour, à une centaine de kilomètres de là, deux jeunes adolescents d'une quinzaine d'années pêchaient au beau milieu d'un lac, alors que l'un d'entre eux avait fait une très grosse prise, celui-ci se leva brusquement et la frêle embarcation chavira, précipitant les deux jeunes pêcheurs dans l'eau froide du bassin. Dans la seconde, tous deux sombrèrent vers les profondeurs.
« *Numéro 3* » se précipita à leur secours et les ramena jusqu'au rivage, puis les déposa à coté de plusieurs pêcheurs qui avaient assisté à la scène depuis la berge.

Les deux jeunes furent comme par enchantement sains et saufs. Les curieux cas, allaient se multiplier un peu partout dans le pays, sans que personne ne comprenne ces étonnants faits qui avaient lieu quotidiennement. Seulement, devant la multitude d'interventions nécessaires, pour venir au secours de chaque personne en danger de mort, qui se produisait chaque jour et bien souvent simultanément « *Numéro 3* », ne pouvait assurer ce merveilleux et inexplicable phénomène qui le comblait, mais auquel il ne pouvait faire face, lui proportionnant des cas de conscience auxquels il ne parvenait plus à faire face.

Les autorités avaient très vite compris que sans le moindre doute, c'était John MILLER qui réalisait ces extraordinaires prouesses.

Même avec l'aide de ses deux amis, MILLER serait dans l'impossibilité de porter secours à chaque personne en danger.

Désormais, les trois extraterrestres déambulaient un peu partout, se rendant visibles uniquement lorsqu'ils étaient seuls, et qu'ils étaient certains de ne pas être vus de quiconque.

Ils avaient décidé d'intervenir, uniquement dans les cas les plus malheureux et injustes, comme ceux concernant, les enfants ou les femmes.

16

Les autorités, avaient très vite compris que s'ils voulaient avoir une infime chance de l'arrêter, c'était lors d'un de ces sauvetages. Même s'il était invisible, il serait forcément à un endroit bien précis. Alors ils allaient mettre en place un stratagème, pour essayer de le capturer.
Une jeune femme des services spéciaux avec un bébé dans les bras, allait faire croire à un accident, en précipitant son véhicule dans une rivière. Bien entendu, l'enfant serait un leurre, juste un poupon en plastique, quant à la femme étant aguerrie à ce genre de situation par un entraînement intensif, n'avait rien à craindre, d'autant qu'une équipe de sauvetage était sur place en cas de besoin. Tout un régiment serait à l'affût pour capturer MILLER.

Comme prévu, le Capitaine, ou plutôt « Numéro 3 » et ses deux amis allaient se précipiter sur l'événement, mais pas pour venir en aide à la maman et son faux bébé. Non, par leur pouvoir, ils savaient parfaitement que c'était un coup monté, et ils avaient décidé de donner une bonne leçon à tous ces stupides militaires. Oh ! Rien de méchant, comme nous le savons, l'agressivité, ne fait pas partie de leur ADN, mais une bonne rigolade, était la bienvenue.
Lorsque la femme avec son poupon en plastique précipita son véhicule dans l'eau, du haut d'un ponton en bois, les militaires s'attendaient à une réaction immédiate de MILLER, seulement, ce ne fut pas le cas. Plus de trois minutes allaient passer, et la femme continuait toujours à l'intérieur de son véhicule. Le colonel GARCIA commençait à s'affoler, il fallait vite prendre une décision, la vie de la fonctionnaire était en jeu. Et puis tout à coup, on vit à la surface de l'eau, le poupon qui nageait pour regagner la verge, en traînant la femme presque inconsciente accrochée à lui. Les militaires assistaient à un spectacle invraisemblable et inouï. Alors qu'ils regagnaient la berge, le colonel allait ordonner à ses hommes de se précipiter au tour des deux nageurs, en les entourant pour éviter la fuite de MILLER, qui devait forcément se trouver à proximité immédiate. Plus d'une vingtaine de soldats entourèrent la femme et son poupon sauveteur, en rétrécissant rapidement le cercle, mais ils ne détectèrent rien, c'était le vide le

plus total. L'officier, était stupéfait. Qu'allait-il pouvoir mentionner dans son rapport ? Il ordonna à ses hommes de ne pas évoquer ce qu'ils venaient de voir, sous aucun prétexte, les sanctions seraient impitoyables pour qui divulguerait la moindre bribe d'information sur cet événement absurde, hors de toute logique. Seulement, il y avait eu d'autres témoins, des paparazzi, qui étaient à l'affût comme par hasard et n'avaient rien perdu de la surnaturelle et délirante scène. Et les journaux s'en donnèrent à cœur joie, en publiant à pleine page des images du poupon sauvant la vie d'une femme, qui de plus était un membre des services spéciaux de l'armée. Les responsables scientifiques et militaires étaient totalement médusés par toute cette histoire, qui dépassait leur entendement et qu'ils ne contrôlaient plus. Ces événements avaient transcendé les frontières du pays, qui était devenu la risée de tous.

Au QG, on attendait avec impatience, le rapport du Colonel GARCIA.

Alors que l'ensemble des personnalités responsables du suivi de l'affaire MILLER, y compris le Président du pays, attendaient avec empressement, l'arrivée du Colonel, pour connaître les détails de l'étrange et insolite avatar, celui-ci pénétra dans la salle, bardé de toutes ses décorations sur la veste de son uniforme et se dirigea prestement vers la petite estrade où se trouvait le micro. À ce moment, une avalanche de rires impétueux et incontrôlables inonda le QG.

Le Colonel GARCIA, qui ne comprenait rien à cette soudaine réaction de l'ensemble des personnalités présentes, s'aperçut avec la plus grande humiliation, qu'il ne portait pas le pantalon de son uniforme, et s'affichait devant l'ensemble des révérencieux responsables, en arborant un magnifique caleçon rose orné de fleurs des champs. Passé le long moment d'euphorie et d'absurde abasourdissement, le Président se leva et quitta la salle avec ses conseillers. C'en était trop, jusqu'où allait continuer cette inacceptable plaisanterie.

17

À partir de ce moment, la guerre totale allait être déclarée. Le Président exaspéré, ordonna la capture du Capitaine John MILLER, par n'importe quel moyen, mort ou vif, il fallait mettre fin à cette farce et ignoble mascarade, qui n'avait que trop duré. Le pays n'allait pas supporter cet individu qui plongeait la nation tout entière dans la plus déplorable et affligeante situation. Tous les services spéciaux, la police, et l'armée, n'allaient avoir qu'une seule et unique instruction :
Capturer l'astronaute, *ou « l'être »* qu'il était devenu.
Seulement, ce n'était pas si facile, comment appréhender quelqu'un qui peut non seulement se rendre invisible, mais aussi se dématérialiser et se déplacer à son gré sur des milliers de kilomètres, sans le moindre moyen de transport, et de plus deviner les pièges et moyens mis en place pour sa capture.

Toutes les têtes pensantes, allaient être mises à contribution. Il fallait absolument trouver le moyen de capturer MILLER, bien entendu, ça n'allait pas être simple, il avait le pouvoir de déjouer tous les pièges, et d'échapper à toute tentative de traquenard ou souricière qui serait tendue à son encontre.

Après avoir éliminé toutes les possibilités, une seule semblait possible. Le chantage.

Oui, effectivement, c'était la seule manière de l'atteindre et de le faire se montrer. Seulement, comment allait-on trouver le moyen d'exercer cette pression ?

Il s'était détourné de sa famille, qui l'avait trahi sans le moindre remords, donc rien à attendre de ce côté-là, quant à ses parents ils étaient tous deux décédés depuis des années, alors, que restait-il ? Il n'avait pour ainsi dire, pas d'amis, tout juste des vagues connaissances de voisinage. Bien entendu, il y avait ses collègues de travail et d'expédition comme le Commandant Jack WILSON et le Technicien Amber BROWN pilote du module de commande lors de sa mission sur la lune, mais quelle sorte de chantage pouvait-on opérer avec ces personnes ? Assurément pas le moindre ! On allait chercher une possible faille dans sa vie privée, et « *Bingo* » Une certaine Lacy FOSTER, apparaissait assidûment dans son agenda téléphonique personnel. C'était gagné, d'autant que cette personne semblait tenir une importante place dans sa vie, si l'on en jugeait par les contacts persistants et leurs longues conversations quotidiennes qui furent révélées lors de la minutieuse enquête.

John MILLER avait connu Lacy FOSTER, à la faculté, et avaient eu une longue aventure, qui s'était interrompue lorsque MILLER s'était engagé dans l'armée et ensuite intégré le programme d'entrainement des astronautes. Puis MILLER s'était marié avec Barbara JENSEN, la fille de bons amis de la famille et avoir deux enfants, qui allaient finalement s'avérer n'être pas les siens. Lucy, quant à elle, issue d'une famille de militaires, avait vécu toute son enfance à Washington, elle avait suivi ses études de « *droit et sciences politiques* » à l'université de « *Seattle.* » Quant à son père désormais à la retraite, avait été pendant presque toute sa carrière responsable du département de sécurité intérieure au « *Pentagone* » à Washington.

Pourtant, pendant son entraînement au centre, John MILLER avait renoué le contact avec son ancienne amie Lacy, qui ne s'était pas mariée, mais vivait avec un petit ami à Baltimore, et lorsque celui-ci lui proposa, de venir le retrouver, elle quitta son compagnon et déménagea du jour au lendemain à Houston État du Texas. Là ils allaient se voir, dans un appartement que MILLER avait loué pour se retrouver, chaque fois que son intensif entraînement le lui permettait.

18

« Houston Texas »

Peu avant le départ pour la lune, John allait confier sa liaison avec Lacy FOSTER son ancienne amie de fac, à Jack et Amber ses compagnons de mission.
Il tenait à les mettre au courant, au cas où quelque chose lui arriverait. Mais après les curieux événements, survenus sur la lune et par la suite, lors du retour sur terre, aucun d'entre eux ne fit la moindre allusion sur son aventure extra-conjugale.
Seulement, lorsqu'ils furent interrogés sur le sujet, par les enquêteurs, ils allaient finalement avouer connaitre cette relation.

Lacy FOSTER allait être arrêtée et incarcérée dans les locaux du « *Space Center Houston* » là même où avait séjourné le Capitaine John MILLER, puis on allait attendre son attitude. Dans les heures qui suivirent, il n'y eut aucune nouvelle, ni réaction de MILLER, alors on allait faire subir à Lacy, un interminable et brutal interrogatoire digne des pires criminels du pays.

Cette fois, John allait réagir et se présenter devant les enquêteurs.

MILLER ou « Numéro 3 » était désormais à peine reconnaissable, son aspect allait même effrayer Lacy et les personnes présentes. Mais, sa voix était exactement la même, lorsqu'il s'adressa furieux aux enquêteurs.

— Vous êtes devenus fous ! Lacy FOSTER n'a rien à voir avec ce qui me concerne, de plus vos méthodes avec elle sont odieuses, dignes du temps de la « *Gestapo* », vous aurez à vous expliquer avec la justice !

— Capitaine ! La justice ici, c'est nous, et personne d'autre ! Vociféra le Général Andrew Brown, qui dirigeait la délégation militaire.

Je vous conseille, de ne plus tenter de fuir hors de ces murs, si vous voulez que votre amie ne subisse pas notre traitement spécial.

— Que voulez-vous dire par « *traitement spécial* », mon Général !

— Essayez de vous évader, et vous comprendrez, derrière ces murs, nous avons tous les droits !

John savait que le Général ne plaisantait pas, il était connu pour ses méthodes de tortionnaire, capable du pire pour arriver à ses fins.

À partir de ce moment, MILLER n'eut d'autre alternative que de collaborer, il était hors de question de mettre en danger son amie Lacy, la seule personne qui lui restait sur terre, et pour laquelle il était prêt à tous les sacrifices. Son épouse l'ayant trahi depuis le début de son mariage, en lui dissimulant la liaison adultère avec Christopher OWENS et la paternité de ses deux filles et maintenant abandonné en demandant le divorce.

Alors, il allait tout faire pour rassurer Lacy FOSTER, que malgré sa nouvelle apparence, il était bien le même homme, celui qui l'aimait par-dessus tout, et en qui elle pouvait avoir pleine confiance.

Et Lacy, malgré la surprise du début, allait lui confirmer son amour et son soutien indéfectible, seulement, de là à tout quitter pour le suivre, dans sa nouvelle époque, lui semblait impensable, elle devait avoir le temps de réfléchir pour sauter le pas.

John MILLER allait lui accorder le temps nécessaire à la réflexion, et décider de son destin, en fonction de sa réponse. Il avait décidé que son avenir serait désormais lié à la décision de son amour.

En attendant, il allait complètement collaborer sans la moindre restriction, avec les autorités.

— Très bien ! Qu'attendez-vous de moi ?
Interrogea John.

— Tout d'abord, l'arrêt total et immédiat, de vos extravagantes et insupportables élucubrations, qui font de notre pays, la risée du monde entier. Vous serez maintenu en rétention, le temps nécessaire pour nous permettre de comprendre votre inexplicable mutation. Quant à votre amie, maîtresse, ou je ne sais quoi d'autre, elle restera également parmi nous.

— D'accord mon Général, vous avez ma parole, mais ne touchez plus un cheveu de Lacy, je suis même prêt à vous dévoiler certains secrets, qui j'en suis certain vont vous intéresser au plus haut point.

— C'est tout ce que je voulais entendre Capitaine !
MILLER, avait concédé son entière collaboration, en échange du bien-être de son amour Lacy, pourtant, malgré les déclarations de sa bienaimée, John craignait que celle-ci risque de ne pas lui correspondre à la vue de sa nouvelle et étrange apparence, ainsi que de son futur incertain. Alors, la seule solution, c'était de la faire muter comme lui, seulement il se rendit compte que les relations dans le nouveau monde étaient d'une toute autre nature. Accepterait-elle cette différence ? Dans cette nouvelle ère, apparemment sans genre, féminin ou masculin, les personnes n'utilisaient pas le sens du toucher, les relations étaient bien différentes, tout était régit par le mental, mais les sensations ou plaisirs étaient eux beaucoup plus intenses que par des relations physiques du vieux monde. Même si MILLER ne les avait pas encore expérimentées, *« numéro 1 et numéro 2 »* lui avaient

affirmé l'incroyable intensité que l'on éprouvait, si on les comparait avec celles qu'ils avaient pu ressentir dans leur ancienne vie.
Alors John allait essayer de convaincre Lacy de le suivre et devenir comme lui, mais terrorisée par cette surprenante et déconcertante demande, elle allait refuser de l'accompagner dans cette effrayante aventure. John allait donc faire appel à ses deux amis pour essayer de la convaincre.
Lacy, mon amour, je ne suis pas le seul être sur terre avec cet aspect, je vais te présenter deux de mes amis. Et, en un instant, ils apparurent devant eux, ainsi que sur les nombreux écrans qui suivaient chacun de leurs gestes. Ce fut la stupéfaction totale, non seulement pour Lacy, mais pour tous les surveillants.
— Chérie ! voici mes deux amis, que j'ai rencontré sur la lune, « *Numéro 1 et Numéro 2* », ils vivent dans cette nouvelle ère depuis 1810, cela paraît incroyable, n'est-ce pas, mais c'est la vérité. Les deux amis allaient raconter en détail, à Lacy la vie dans ce temps prodigieusement plus avancé du sien.

19

Comme attendu par John, les autorités allaient immédiatement intervenir et lui demander des explications sur ces deux nouveaux « *êtres* » sortis de nulle part.

— Capitaine ! qu'est-ce que ça veut dire ? Qui sont ces deux nouvelles créatures ?

— Des amis mon Général, « *mes amis de la lune* », « *numéro 1 et numéro 2* », je vous en ai déjà parlé, je crois !

— Et que font-ils ici sur terre ?

— Du tourisme, mon Général, du tourisme, ils voulaient juste retourner dans le temps, mais rassurez-vous ! Ils ne vont pas rester, soyez tranquille.

— Capitaine ! Vous recommencez vos absurdes divagations, je croyais avoir été clair, là-dessus !

— Non mon Général, c'est la pure vérité, ils m'ont

aidé à m'évader de la base lunaire, et ils vont retourner dans leur monde futur, soyez sans crainte.

— Il n'en est pas question ! Ces deux-là resteront ici ! Ils vont nous aider à comprendre bien des choses, ils vont parler, je peux vous l'assurer !

— Sauf votre respect, mon Général, je crois que personne sur terre n'est en mesure de les empêcher de partir, j'en suis certain.

— Ah bon ! nous allons voir ça ! Gardes, appréhendez immédiatement ces deux *« je ne sais quoi »* !

Une bonne dizaine de militaires et policiers présents se précipitèrent sur les deux « amis », mais arrivés à environs un mètre d'eux, une sorte de barrière invisible infranchissable, empêchait de les atteindre. Devant le triste spectacle, le Général Andrew BROWN, ordonna de faire feu sur eux.

— Ne visez pas les zones vitales, nous avons besoin d'eux vivants !

Seulement, les projectiles également, étaient dans l'impossibilité de les toucher derrière leur protection. Ils disparaissaient comme avalés par la curieuse barrière. Le Général BROWN, s'arrachait les cheveux, totalement dépité, il quitta sa salle en marmonnant des injures à peine audibles.

Quelques secondes plus tard, *« numéro 1 et numéro 2 »* disparurent.

Pour John, ce fut la déception la plus totale, son amour Lacy, ne semblait pas prête à le suivre dans sa nouvelle vie, et ses deux amis, qui auraient pu l'aider à la convaincre, étaient partis précipitamment, après l'intervention ordonnée par le Général.

Pourtant, il n'allait pas s'avouer vaincu aussi facilement, et se jura de tout faire pour la convaincre.

20

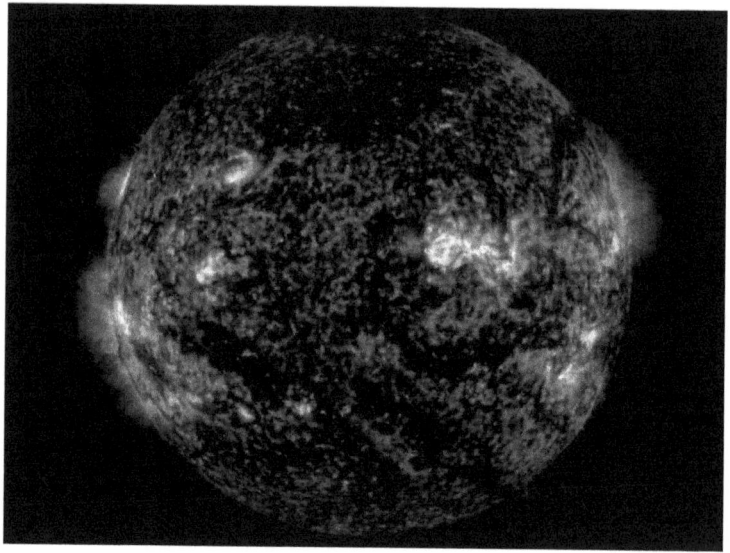

« Fin de vie de notre Soleil »

Dans la base lunaire, les extraterrestres avaient compris que le moment était venu de passer à l'action. Et, leur but était bien évidemment de s'installer sur la planète Terre, non sans avoir apporté leurs technologies, en mettant fin à cette civilisation arriérée et dépassée depuis des millénaires.

Cependant, ils n'avaient nullement l'intention d'anéantir les Terriens, ils allaient les faire évoluer et transformer comme ils avaient fait pour les trois amis.

Dans les jours qui suivirent, ce fut une avalanche de faits curieux et extraordinaires qui allait se produire.

Tous les continents, allaient être témoins de faits incompréhensibles, à la campagne, les endroits déserts, se couvrirent de sortes d'aires circonscrites par des rayons qui délimitaient d'immenses zones, dans lesquelles il était impossible de pénétrer, même pour les militaires avec leur armement le plus sophistiqué. Puis, ce fut l'exode de tous les habitants des villes et lieus habités qui suivit. Un indescriptible chambardement à l'échelle planétaire avait lieu, mais dans le plus grand ordre et respect.

Une fois les habitants confinés dans ces zones, les villes et les villages allaient disparaitre et être remplacés par les mêmes curieux habitats, faits de simples rayons de couleur verte entrecroisés, avec des parties translucides et d'autres opaques semblables à ceux de la base lunaire.

À l'intérieur de ces endroits, les Terriens allaient muter en quelques heures et devenir semblables en tous points aux extra-terrestres. Tout ce qui se trouvait sur terre allait être remplacé en un instant par ces curieux lieux tous de même nature.

En une semaine, la vie sur terre avait fait un bond vertigineux dans le temps.

Une planète qui n'avait plus rien à voir avec ce qu'elle était. Plus de bâtiments, plus de véhicules, plus d'armées, ni d'armement, plus de cultures ni de bétail. En quelques mois la nature avait repris ses droits partout où il n'y avait pas les curieux espaces délimités

Les humains allaient tous avoir le même aspect, avec uniquement de détails que l'on pouvait à peine différencier. Le travail et l'argent n'étaient plus nécessaires et les loisirs presque permanents. Tous les anciens dirigeants ou détenteurs de pouvoir, avaient disparu et étaient devenus des êtres comme les autres. La hiérarchie désormais inexistante, n'était détenue que par les dirigeants extra-terrestres, et une fois le transfert de données et pouvoirs incroyables opéré, chacun était devenu un membre de la communauté, sans la moindre restriction, exception faite de ne pas empiéter sur les droits des autres. Cependant, les véritables extraterrestres allaient garder le pouvoir et les secrets de leur faramineuse avance technologique. À l'extérieur, seuls les animaux, n'avaient pas changé, mais ils étaient désormais libres de mener leur vie sauvage comme à leur origine.

La nourriture des nouveaux êtres allait désormais être fournie exclusivement par un système de molécules toutes artificielles sous forme de gélules vertes.

Les Terriens allaient très vite s'adapter à cette nouvelle vie, étant donné que tout leur mental avait été changé et mis en accord avec les nouveaux progrès de cette nouvelle ère, dans laquelle ils évoluaient désormais naturellement.

D'ailleurs tous leurs souvenirs avaient été effacés, et la nouvelle vie leur paraissait toute naturelle.

En quelques heures, tout en douceur, l'humanité venait de faire un bond de millions de siècles, sans le moindre cataclysme. C'était désormais le règne de la douceur et de la convivialité, des loisirs et du bonheur, sans avoir à fournir le moindre effort ou travail en contrepartie. La planète allait retrouver son aspect initial, débarrassée de tous ces déchets et pollutions qui l'avaient menée au bord de l'épuisement.

Le fantastique et merveilleux bond dans le temps avait été un magnifique évènement pour l'humanité, mais hélas, très peu de temps après, il allait nous conduire à la fin de notre existence. Mais, celle des terriens uniquement, les extraterrestres, quant à eux, avaient abandonné la terre et le système solaire, et ils étaient précipitamment partis à la recherche d'une autre planète dans une nouvelle Galaxie.

Nous étions arrivés à la fin de vie de notre Soleil.

Et à bout de souffle, il allait très vite, s'éteindre irrémédiablement et avec lui toute vie sur terre.

Pour les Terriens, ce fut la fin des temps.

Sauf pour John MILLER, ses deux « *amis de la Lune* », et Lacy FOSTER qui finalement avait accepté de suivre son amour et fait le choix judicieux de partir avec lui.

Fin

Du même auteur

En Français

- **Notre petite Maison dans la Prairie**
  (Récit autobiographique)
- **Les dessous de Tchernobyl**
  (Roman)
- **Le Piège**
  (Roman)
- **Amitiés singulières**
  (Amitiés Amour et Conséquences)
  (Roman)
- **Nature**
  (Récit)
- **La loi du talion**
  (Roman)
- **Le trésor tombé du ciel**
  (Román)
- **Prisonnier de mon livre**
  (Récit)
- **Sombres soupçons**
  (Roman)
- **Strasbourg Banque & Co**
  (Roman)
- **Mes amis de la Lune**
  (Achronie)

Biographie :

*Jose Miguel Rodriguez Calvo
né à « San Pedro de Rozados »
Salamanca (Castille) Espagne
Double nationalité franco-espagnole
Résidence : France*

Del mismo autor

Publicaciones en español

— **Perdido**
  (Novela)
— **Tierra sin Vino**
  (Novela)
— **El tesoro caído del Cielo**
  (Novela)
— **Secuestro en Salamanca**
  (Novela)
— **Mercado negro en la costa blanca**
  (Novela)
—**Naturaleza**
  (Relato)

Biografía:

Jose Miguel Rodriguez Calvo
Natural de « San Pedro de Rozados »
(Salamanca) España
Doble nacionalidad hispanofrancesa
Residencia: (Francia)

jose miguel rodriguez calvo

CPSIA information can be obtained
at www.ICGtesting.com
Printed in the USA
LVHW050019301221
707432LV00011B/717